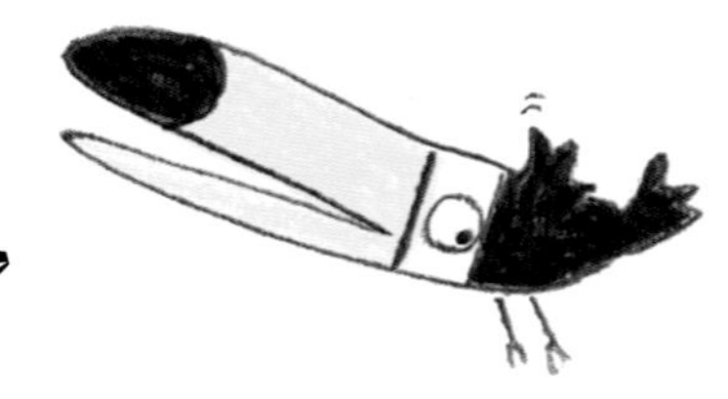

獻給媽媽——最會講故事的人，
和所有其他的大嘴鳥。

國家圖書館出版品預行編目資料

貝蒂不想不想去睡覺／史帝夫.安東尼(Steve Antony)文.圖；柯倩華譯. -- 第二版. -- 臺北市：親子天下股份有限公司, 2023.08
24.5X24.5公分. -- (繪本；329)
國語注音
譯自：Betty goes bananas in her pyjamas.
ISBN 978-626-305-524-7(精裝)

1.SHTB: 圖畫故事書--3-6歲幼兒讀物

873.599 112009484

繪本0329

貝蒂不想不想去睡覺

作・繪者｜史帝夫・安東尼（Steve Antony） 譯者｜柯倩華
責任編輯｜陳婕瑜 美術設計｜陳珮甄 行銷企劃｜高嘉吟

發行人｜殷允芃 創辦人兼執行長｜何琦瑜
兒童產品事業群
總經理｜游玉雪 副總經理｜林彥傑 總編輯｜林欣靜
研發總監｜黃雅妮 行銷總監｜林育菁 版權主任｜何晨瑋、黃微真

出版者｜親子天下股份有限公司
地址｜台北市 104 建國北路一段 96 號 4 樓
電話｜(02)2509-2800 傳真｜(02)2509-2462
網址｜www.parenting.com.tw
讀者服務專線｜(02)2662-0332 週一～週五：09:00~17:30
讀者服務傳真｜(02)2662-6048 客服信箱｜bill@service.cw.com.tw
法律顧問｜台英國際商務法律事務所・羅明通律師
製版印刷廠｜中原造像股份有限公司
總經銷｜大和圖書有限公司 電話：(02)8990-2588

出版日期｜2016 年 1 月第一版第一次印行
2023 年 8 月第二版第一次印行
定價｜340 元 書號｜BKKP0329P ISBN｜978-626-305-524-7（精裝）

訂購服務
親子天下 Shopping｜shopping.parenting.com.tw
海外・大量訂購｜parenting@service.cw.com.tw
書香花園｜台北市建國北路二段 6 巷 11 號
電話：(02) 2506-1635 劃撥帳號｜50331356

貝蒂

不想不想去睡覺

文・圖 史帝夫・安東尼 譯 柯倩華

月亮出來了，星星亮晶晶的。
貝蒂在她的房間裡玩個不停。

大嘴鳥先生說：
「你睡覺的時間到了。」

突然……

不要！

貝蒂說。

「我不要去睡覺！」

相反的，貝蒂要……

吹她的笛子，

嗶！嗶！

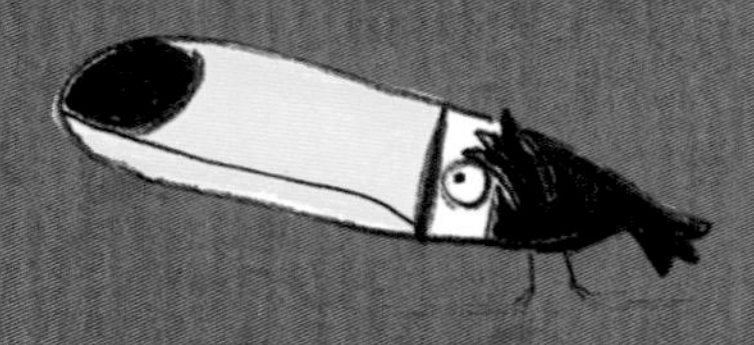

打她的小鼓，

咚！咚！

敲她的木琴，
叮！叮！
吹她的喇叭，
叭！
直到，她終於……

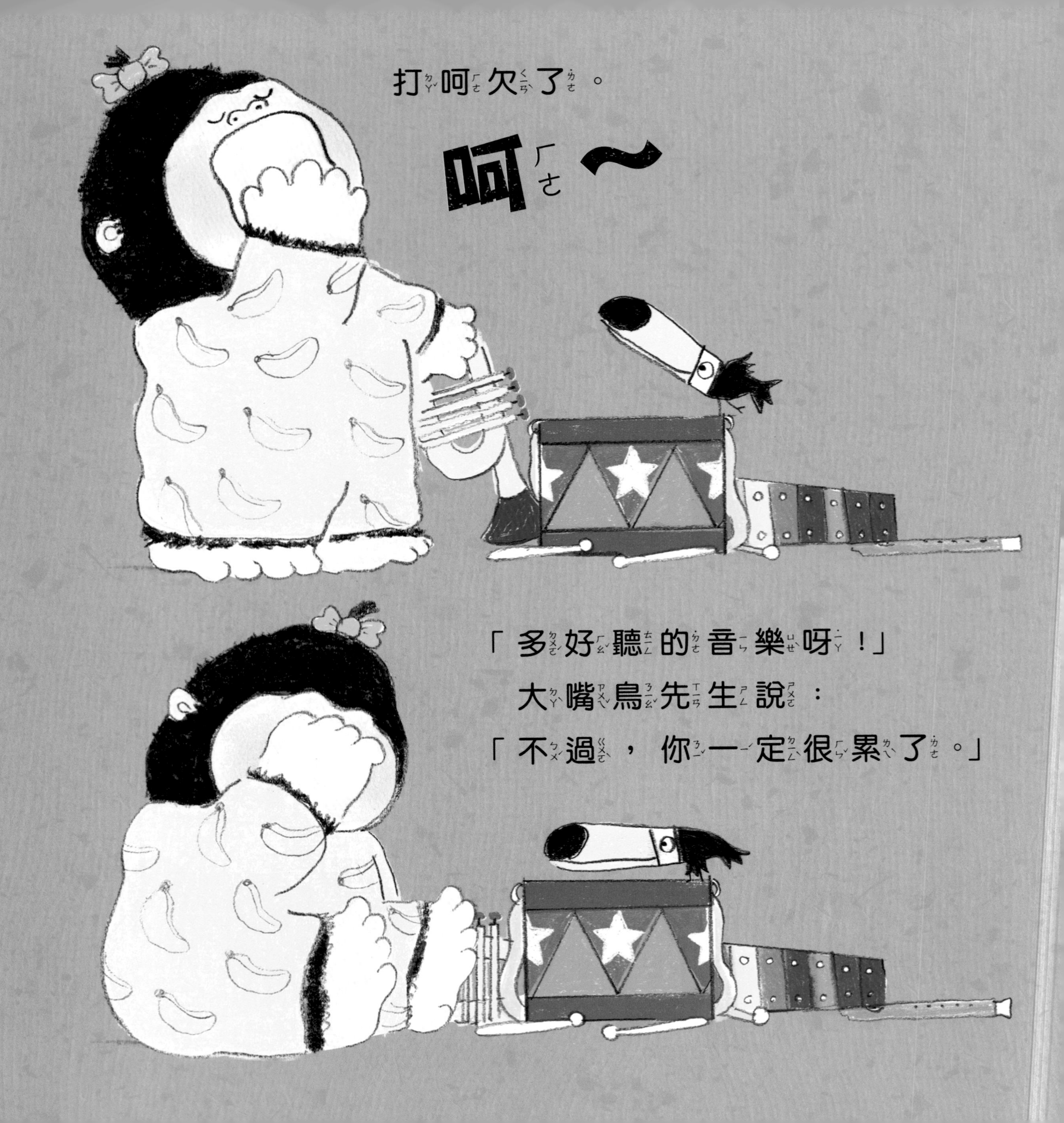
打呵欠了。
呵～
「多好聽的音樂呀！」
大嘴鳥先生說：
「不過，你一定很累了。」

「或許你該去躺在你那張
柔軟、溫暖的床上。」

「好好的睡一覺，
明天你可以演奏更多的音樂。」

突然……

不要！
貝蒂說。

「我不要去睡覺！」
蕉蕉號
J
K
L
相反的，貝蒂要……
蕉蕉號
M
N
O

畫一朵花、

一隻恐龍、

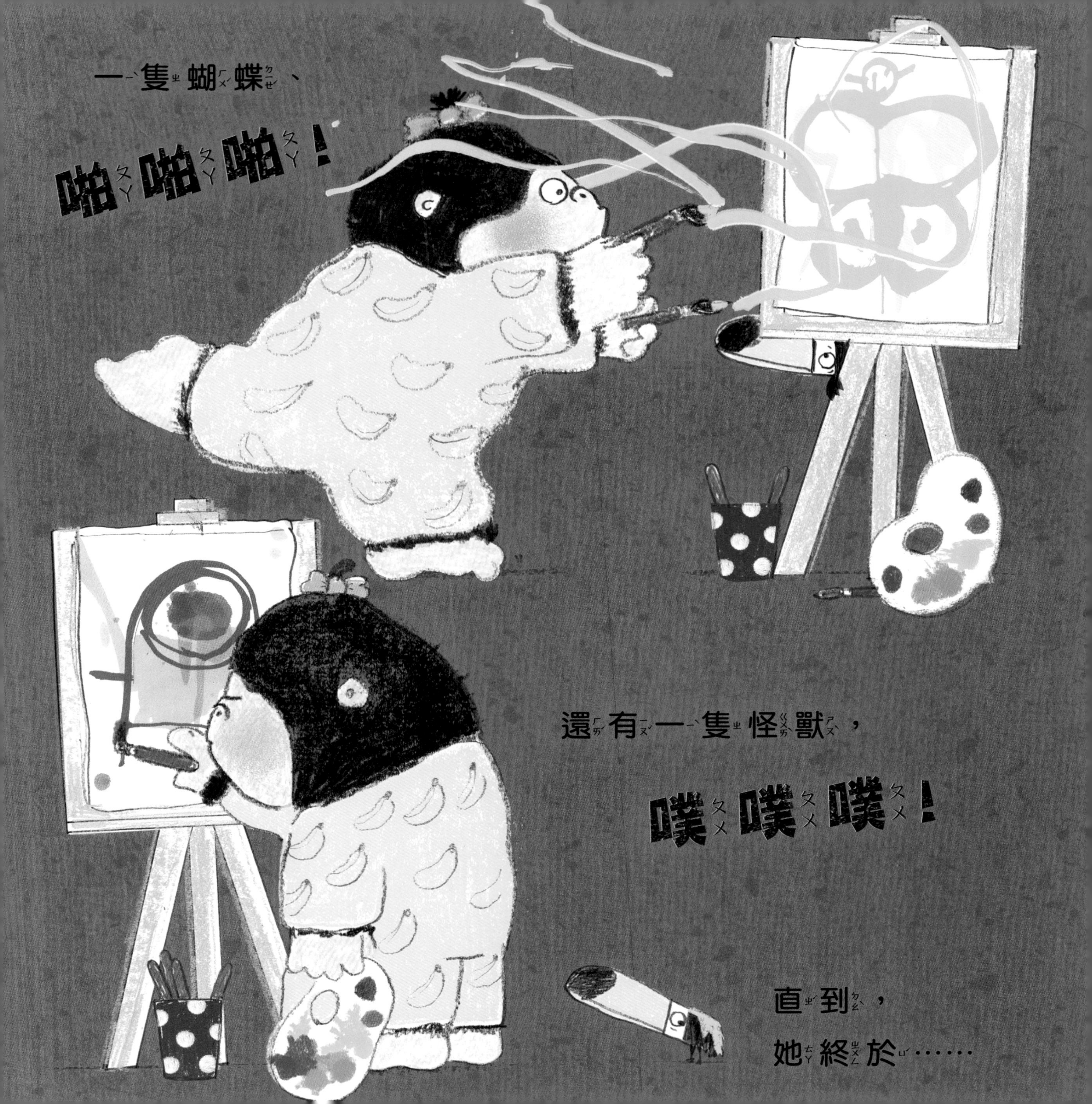
一隻蝴蝶、
啪啪啪！
還有一隻怪獸，
噗噗噗！
直到，
她終於……

打ㄉㄚˇ呵ㄏㄜ欠ㄑㄧㄢˋ了ㄌㄜ。

呵ㄏㄜ～

「多ㄉㄨㄛ好ㄏㄠˇ看ㄎㄢˋ的ㄉㄜ
圖ㄊㄨˊ畫ㄏㄨㄚˋ呀ㄧㄚ！」
大ㄉㄚˋ嘴ㄗㄨㄟˇ鳥ㄋㄧㄠˇ先ㄒㄧㄢ生ㄕㄥ說ㄕㄨㄛ：
「不ㄅㄨˊ過ㄍㄨㄛˋ，你ㄋㄧˇ一ㄧˊ定ㄉㄧㄥˋ
很ㄏㄣˇ累ㄌㄟˋ、很ㄏㄣˇ累ㄌㄟˋ了ㄌㄜ。」

「或許你該抱著你的大熊寶寶去睡覺了。」

「好好的睡一覺，明天你可以畫更多的圖畫。」

可是，貝蒂要……

玩她的汽車、

嘟！嘟！

她的卡車、

她的火車、

起鏘！

起鏘！

還有她的火箭，

咻！

直到，她終於……

大嘴鳥先生說。

「睡覺的時間
就是要睡覺！」

「明天你可以玩所有的玩具。」

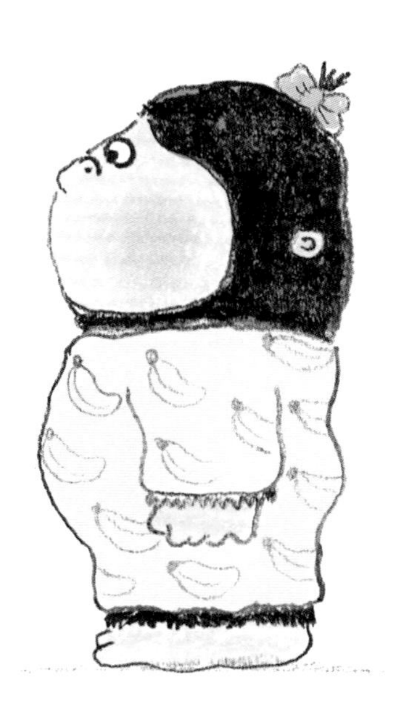

「如果你現在立刻上床睡覺……」

「我就唸一個**睡前故事**給你聽。」

貝蒂說：
好耶！
她喜歡睡前故事。

貝蒂聽這個睡前故事聽得好高興，

於是，她要……

再聽一遍，

再聽一遍，

再聽一遍，

直到，她終於……

睡著了。

月亮出來了，星星亮晶晶的。

貝蒂的房間裡很安靜。

大嘴鳥先生說：

「貝蒂，晚安。」

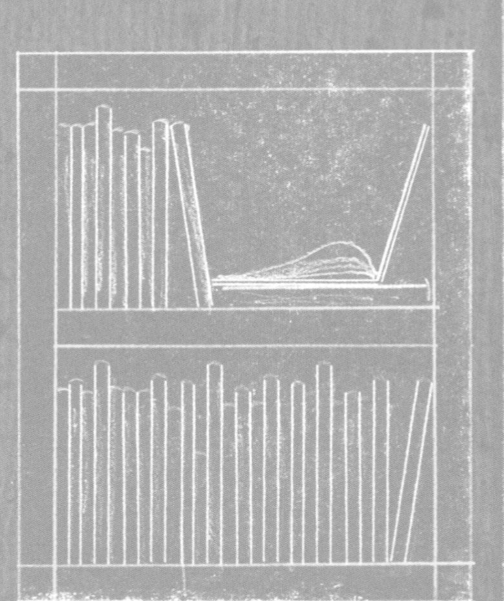

突然……

嘩ㄏㄨㄚ啦ㄌㄚ！

F

應戰不睡覺兒
不妨學習大嘴鳥式引導法

文／國立清華大學教授　周育如

你家是否也有一個不想睡覺的貝蒂？《貝蒂不想不想去睡覺》書中，大嘴鳥先生應對的方式非常值得爸爸媽媽學習，是一本大人、小孩都愛的好書。

看到可愛又可惱的貝蒂，爸爸媽媽不免會心一笑。在這本有趣的童書中，猩猩貝蒂睡前還要玩東玩西，動不動大喊「不要！」的場景，想必一定直觸孩子的心，像極了孩子自己的寫照！而這本書真正精采之處卻是大嘴鳥先生應對的方式，值得爸爸媽媽好好學習。在故事的前半段，大嘴鳥先生是這樣說話的：

多好聽的音樂呀！（先肯定孩子在做的事）
不過你一定很累了！（轉移孩子的焦點到自己的疲累上）
或許你該去躺在你那張柔軟溫暖的床上，（提供誘人的建議）
好好睡一覺，明天你可以演奏更多的音樂！（強調接受建議可以得到的更大好處）

像這樣，三番兩次的動之以情，誘之以利，如果是性情比較順從的孩子，大概已乖乖就範了。但故事中的貝蒂可沒有這麼好搞定，她照樣大玩特玩，照樣大喊「不要！」於是，到了故事後半段，我們就看到大嘴鳥先生並未固守相同的方式，而是根據孩子的性情，改變了說話的方式和力度的層級：

停！（強力的制止）

睡覺的時間就是要睡覺！（堅定、明確的告知孩子規則）

明天妳可以玩所有的玩具。（孩子眼前的需求仍被肯定，但要延宕滿足）

如果妳現在立刻上床睡覺……（提供可行建議）

我就唸一個睡前故事給妳聽。（給予立即可得、切中孩子需要的更大好處）

大嘴鳥先生調整後的方式顯然奏效了，到這會兒，貝蒂終於滿意的聽著故事沉沉睡去。每個孩子的性情不太一樣，除了以有智慧的方式引導之外，還要考慮到孩子的個別差異，當父母的教導方式更精準的切中孩子的特性和需要時，教導起來就會更輕省有效。

值得一提的是，如果孩子晚上不睡覺的情況很嚴重，或是年紀已經比較大一點了，不像故事裡的貝蒂還是兩三歲的寶寶，那麼只靠大嘴鳥式引導法是不夠的。在這種情況下，爸爸媽媽最好檢視一下孩子白天的照顧狀況，是不是吃了太多高糖份的食物，以致於有躁動的現象？或是身體活動的量太少？午覺睡太久？心智活動的品質太差？一般而言，如果孩子作息飲食正常，午睡時間不過長，有足量的大肢體活動，再加上要動腦筋的遊戲，例如玩積木拼圖、扮家家酒、繪本閱讀等，通常不致於到了睡覺時間還拼命硬撐，因為他身體發展和心智發展的需求都已經被滿足了。合宜的生活照顧和有智慧的引導，才是讓孩子健康成長的不二法門。

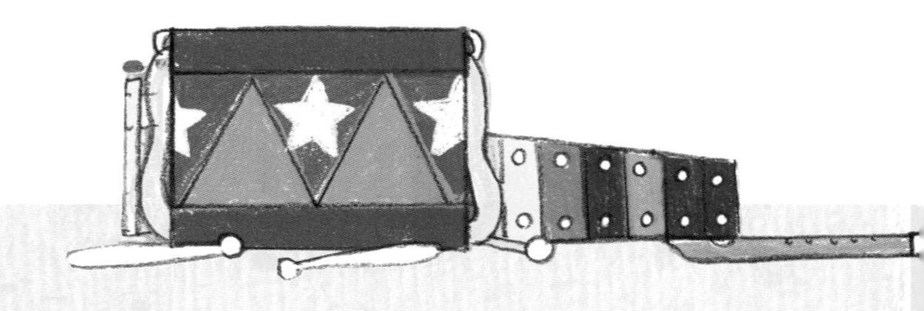